사람의 인생 식물의 인생

다르지 않다

사람의 인생 식물의 인생

다르지 않다

서미담 시집

내 인생과 식물의 인생을
상상하면서
천천히 읽어 보세요

식물도 나도
행복할 수 있게 말이죠

—

바른북스

사람의 인생
식물의 인생
다르지 않다

꽃말은 인생의 말이다
인생을 청정하게 살기 위해
식물과 친구가 되고 같은 운명으로 살아간다


꽃 시 나무 시 풀 시를 천천히 상상하면서 읽어 주세요
내 인생과 식물의 인생을 상상하면서 천천히 읽어 보세요


식물도 나도 행복할 수 있게 말이죠

# 차례

2.

# 관계의 꽃
# 이야기

# 3.

# 인생, 꿈
# 그리고 꽃 이야기

## 4.
## 행복과 희망의 세상
## 그리고 꽃 이야기

## 5.
## 아름다움의 꽃
## 이야기

6.

# 마음과 용기
# 그리고 꽃 이야기

사랑은 식물이다

사랑은
씨앗이 꽃을 피우는 과정이다

# 사랑의 꽃 이야기

# 로마의 칼렌듈라

30일이 지나면 이별이군요
당신을 기다리는 시간이 너무 길어요

로마 어느 마을에서
다시 만나면

칼렌듈라!
그대 이름을 부르며 따라가겠소

금빛 찬란한 꽃으로 다시 태어나
이별의 아픔을 치료해 주시겠소?

# 눈물의 동백아

내 님은 오시겠지
동해바다 눈 내리면

내 눈물 바다로 흘러
거친 파도 잠재우고

떠나간 님 뱃고동 소리 내며 돌아오면
동백섬에 끝동이 휘날리도록 손 흔들겠소

혹여나
기다려도 기다려도 오시지 않으면
동백나무가 되어서라도 기다리겠소

어느 해류에서
빨간 꽃잎을 보신다면
기쁘게 맞이해 주시구려

# 달맞이꽃의 사랑 이야기

나는 땅
당신은 하늘

만날 수는 없지만
마음은 당신 곁에

그저 영원히 바라볼 수만 있다면
나의 소원은 이루어졌소

달님아!
당신의 달빛이 오늘도 따뜻합니다

물가에 비친 당신의 모습은
마치 내 곁에 있는 듯하오

당신이 떠나고 나면
나는 초라한 모습으로 시들거나
빗물에 쓰러질지도 모르오

그래도 나의 마음은
365일…

# 어느 노부인과 라일락

추억의 봄은 아름다웠네
그 시절 라일락 피는 오월

어느 소녀의
첫사랑

라일락 나무 아래
소년과 소녀의 흑백사진 한 장

어느 소년과 함께 환하게 웃고 있는 소녀
오십 년이 지나 백발이 되었네

백발 노부인은 라일락을 어루만지네
첫사랑은 라일락이 되었네

# 아주 멋진 남자, 루엘리아

그녀를 위해
나를 꽃 피운다

눈부신 아침
청보라색 슈트를 입은 남자
신비로움을 자극한다

그녀를 위해
매일매일 꽃단장을 하며
사랑을 시작한다

강하고 멋진 남자
해 질 녘에도 청아함을 간직한다

짧은 여생이지만
사랑은 뜨겁고 강렬하다

# 구절초 여인

가을 하늘 아래
분홍색 꽃단장을 한 여인

외롭게 떨고 있는 여인아
하얀 이슬 맞으며 가을이더라

낙엽 지듯 마디마디 꺾일 때
그대가 언제쯤 돌아오려나

구슬픈 눈물이 맺힐 때
그대 가슴에 떨어지려나

분홍색 꽃단장이 지워져
하얗게 맨얼굴을 보일 때
그대 내게 다시 오려나

마지막
아홉 번째 꺾일 때

이제는
홀로 떠나가야지

# 당신을 따르다가 금낭화 되었네

내 하나의
사람

바람 따라간다면
따라가고
구름 따라간다면
그리 가고

먼 길 떠나간다면
그림자 따라가고
발자국 따라가지요

마음 주고 정 주고 떠나가면
내 마음은 갈 곳을 잃어
두루주머니 속 옥 반지만
만지작거리다가 주저앉지요

발걸음이 빠른 그 사람을
이제는 볼 수 없어서

하염없이
울다가

어느 계곡에서
영원히 잠들었네

# 안단테, 로단테 사랑

물 흐르듯
걸어가듯이
칸타타

안단테로 계속
영원할 것처럼 계속

사랑한다

종이꽃
로단테의 사랑의 소리
바스락 바스락

쇼팽 왈츠의 음악에 맞추며
로단테와 사랑을 나눈다

영원히
사랑을 나눈다

# 금목서, 꽃마차 타고

초가을 선선한 바람에
당신의 사랑을 싣는다

금목서 장식한 꽃마차에
당신을 태우고

만리향 뿌리며
온 누리 누비세

내 마음 당신 마음
강한 향기로 물들어

영원한
사랑의 마음을
간직한다

# 꽃다지 꽃다지여

그렇습니까?
정녕 그렇습니까?

나의 무관심이
사랑입니까?

꽃방석에 앉아
겨울이 지나 봄이 오고

노란 꽃이 피어도
무념하십니까?

나는 언제쯤
다가갈 수 있습니까?

그날이 그날이
오기는 합니까?

# 하얀 니겔라

다시 만날 수 있을까?
꿈속의 그 여인을

가냘프고 하얀 원피스 입은
그 모습이 아직도 아른거리네

수줍게 웃고 있던
그 모습이 계속 아른거리네

조심스럽게 나에게 다가오는
그 여인을 만나기 위해
불을 끄고
베개를 베어 본다

어둠 속에서
하얀 니겔라가 피어난다

오늘 밤에도
은근한 기쁨이 찾아온다

# 소중한 추억 속 단풍나무

우리의 만남이
영원할 줄 알았는데
낙엽 지듯 우수수 사랑이 떨어지고
앙상한 겨울나무처럼
흔적도 없이 사라졌다

근데 왜?
계절처럼 다시 돌아오는가?

사랑이
계절 따라 다시 돌아왔다

소중한 추억의 시간, 가을
그때의 단풍나무 밑
빨간 추억이 다시 돌아왔다

메이플시럽처럼 점점 더 끓어오르는 사랑으로
달콤한 것이 더 많이 느껴졌다

달콤한 추억의 단풍나무도 돌아오고
가을도 다시 돌아왔는데

왜? 왜?
그녀는 아직 추억일까?

# 들국화 필 때

가을이 지나가는 시간
들국화 피는 시간

상쾌한 가을 공기 마시며
그대 오기를 기다리네

겨울이 오기 전에
도착해야 하는데

가을의 여왕이 시들기 전에
그대를 만나고 싶은데

# 등나무 사랑 향기 가득한 집

사랑하는 그대여
우리 집에 온다니
환영합니다

당신을 기다리며
등나무꽃을 장식하고
사랑에 취하는 중입니다

우리 집
주소는

사랑 시 예그리나 구 너나들이 동 다솜 번지
등나무 향기 가득한 집입니다

# 싱크대에 디기탈리스

오늘은 여우 같은 아내의
빨간 고무장갑을 끼고
설거지를 한다

나의 애정을 숨길 수 없어
뜨거운 마음으로
설거지를 한다

아내의 고무장갑에 꽃이 핀다
싱크대에 디기탈리스가 만개한다

# 라벤더의 순정

언제 오십니까?
작은 꽃 방울들이 줄줄이 매달려
그대 오기를 기다리는데

내게 대답해 주세요
언제 오십니까?

보랏빛 모습으로 정절을 지키고
부드럽고 상쾌한 향기로
그대의 심신을 안정시키고

이 몸이 이삭꼴이 되도록
침묵으로 기다리는데
언제 오십니까?

# 나의 물망초

떠나간 님 나를 잊으셨나
꿈속에서도 나오질 않네

바람 불면 바람 되어 오셨나
비가 오면 비가 되어 오셨나
꽃이 피면 꽃이 되어 오셨나
작은 물망초가 당신을 닮았네요

나의 물망초 나의 정인
가슴에 품고 살아갈게요

잊지 말아요
잊지 말아요

내 품에 영원히
남아 있어요

# 청렴결백한 백합이여

순수한 백합이여
당신을 만질 수 없어요
당신을 안을 수 없어요

영롱한 백합이여
그저 멀리서 바라볼게요

꿈속에서 당신을
쓰다듬고 안을 수만 있다면
그것으로 충만합니다

# 하얀 목련에 빠지다

새하얀 당신을 처음 본 순간
사랑에 빠졌습니다

나의 사랑이 깊어갈수록
멀어지는 당신을 보았습니다

스쳐 지나가는 봄바람이 부러웠습니다
따듯한 햇살에 새하얀 당신은
더 하얗게 눈이 부십니다

내가 당신에게 갈 때쯤이면
바람 따라 떠나겠지요

# 한 남자의 비단향꽃무

남자의
다짐을 들었는가?

당신의 아름다운 얼굴에
눈물을 흐르게 한 그 남자의 말을

남자의
다짐을 들었는가?

더 이상 당신의 얼굴에 눈물 대신
아름다운 미소를 지을 수 있게 하기를

한 남자의 인생 화분으로
당신을 영원히 아름다운 꽃으로
남게 하기를

# 아네모네, 당신을 그립니다

당신을 영원히 기억하기 위해
당신을 그립니다

당신을 매일 보고 싶어서
당신을 그립니다

물감과 물이 섞이듯
꿈같은 내 마음도 한데 어우러집니다

도도한 당신도 나를 만나
유유해지기 시작합니다

반전의 사랑이 시작되기 전
우리는 그렇게 수채화 물감처럼
사랑을 그렸습니다

이제는 하얀 도화지에 당신을 그립니다
매일 당신을 새롭게 그립니다

# 삼바 춤을 추는 게발선인장

찬 바람이 불어도
언제나 불타는 사랑이여

불 꺼진 어두운 밤에도
더 뜨겁게 불타는 사랑이여

불타는 사랑이 붉게 물들어
게 발에 꽃 피우고

삼바 춤을 추는 삼바스타처럼
오늘도 정열적으로 불타는 사랑으로
신나게 춤을 춘다

# 우편함에 공작초 안부

잘 지내지?

선뜻 연락을 전할 용기가 없어
글로 표현해 본다

그것조차도 부끄러워서
쓰고 지우고 반복한다

내 마음을 표현하지 않아도
텔레파시로 통했으면 좋겠다

너의 집 앞을 서성거리다가
우편함에 공작초 한 다발을
조심스럽게 꽂아 본다

두근거리는 가슴으로
초인종을 누르고
전력 질주로 도망간다

소심한 안부로

기분 좋은 시절이 지나간다

# 갈대 같은 그 사람

믿었던 그 사람
믿어왔던 그 사람이 떠나가네

옛 추억
갈대피리 불며 같이 놀던 그 사람
바람 따라 돌아서는 갈대 같은 그 사람

이제 볼 수 없겠죠
이제 그 음악을 들을 수 없겠죠

돌이킬 수 있다면
그때로 돌아갈 수 있다면
후회 없이 사랑할 수 있다면

이제는 빗자루로
그 사랑을 쓸어 버립니다

# 사랑을 위해 죽음을 선택한 가막살나무

사랑이여
사랑이여

내 죽음과 바꾸어도 아깝지 않은
잘못된 내 사랑이여

우리의 사랑이 죄가 되었다 하여도
죽음을 대신하여 끝까지 사랑하겠소

나는 가막골에 나무가 되고
당신은 까마귀가 되어서
기쁘게 죄없이 해후하길 바라겠소

# 매혹의 천일홍

꿈속에서도 지워지지 않는다
작고 붉은 당신의 모습이

천일이 지나도 매혹적인 붉은 빛깔
나의 마음을 사로잡네

오늘 밤에도 뇌쇄되어
불면증에 시달린다

당신에게 빠진 사람이
나뿐이면 좋겠다

# 진달래 여동생 철쭉과 첫사랑

철쭉은 나의
첫사랑이다

얼굴에 주근깨가 있고 독하지만
나에겐 하나뿐인 첫사랑이다

언니 진달래는 착하고 이쁘지만
나는 못된 철쭉이 더 좋다

도도한 철쭉은 튼튼해서
내가 걱정 없이 사랑할 수 있는

나의
첫사랑이다

# 머리 위에 재스민을 꽂고

그녀의 머리에 보라색 재스민을 꽂고
바람의 언덕에 올라 사랑을 속삭이고
사랑스러운 그녀의 머리를 어루만진다

보라색 재스민을 검은 머리에 꽂으니
순수하고 청순한 그녀가
조금은 관능적으로 보인다

당신과 함께라면
에베레스트도 오를 수 있을 것 같다

# 제비꽃의 순진한 사랑

들판에 핀 아름다운 그대여
오늘도 떠나간 님을 기다리는가?

저 멀리 강남으로 날아간 님은
돌아올 줄 모르고

찾아갈 발이 없어
순진한 얼굴로 하염없이 기다리네

오늘도 하늘을 보며
님이 날아오기를 기다리네

# 접시꽃 당신에게로

접시꽃 당신이여
내 마음 담아 주소서

넓은 꽃잎으로
내 복잡한 마음
단순하게 만들어 주소서

당신의 포용력으로 나를 담으면
이 세상 끝날 때까지
열렬히 사랑해 주겠소

어서 빨리 유월이 되어
내 마음 당신에게 담기고 싶소

최고의 관계는
식물이다

식물과 친구가 되면
세상이 아름다워진다

관계의 꽃 이야기

2

# 리시안셔스는 외롭지 않아

아름다운 여인을 닮은 리시안셔스
주변을 감싸는 수많은 꽃
언제나 인기가 많아

장미도 아름답지만 널 이길 순 없어
쿠르쿠마 페니쿰 유칼립투스 보리초 수국
너무 많은 인기로 외롭지 않아

리시안셔스, 네가 있는 곳엔
항상 축복이 함께해

너의 변치 않는 사랑이
모두를 인연으로 만들 거야

# 영혼을 위한 국화꽃 향기

저세상 가실 적에
국화꽃 하나

꽃은 드릴 수 없지만
향기는 드리리라

삶의 고단함은 땀 냄새로 배었지만
가시는 길 마지막까지 향기로 남아 있네

마지막 가시는 길
하얀 국화꽃 향기로 끝내소서

국화꽃 줄기에
그대 이름 엮어 드리리다

# 주제넘은 어른이 금어초 지듯 한다

재잘재잘
속닥속닥

수다 소리가 하염없이 들려온다
수다쟁이가 주제넘게 속삭인다

마음속에 어린아이가 살고 있어서
어른이 아이가 된다

선 넘은 어른들의 수다 소리
주제넘게 들려온다

옷은 화려하고 어른스러운데
남을 흉보는 소리는 어린아이다

남아 있는 여생이
금어초 지듯 한다

해골바가지가
추하고 힘겹게 속삭인다

# 남천 집안의 전화위복

처음부터 어긋났다
막내는 잎자루도 없고
촉감도 남다르다

추운 겨울에는 안면홍조도 생긴다
여러 가지로 집안에 화가 많다

이래서는 안 되겠다!
갑자기 한마음으로 외친다

집안을 안정하게 만들기 위해
순리를 따르기로 했다

원추 꽃차례를 지켜서
남천의 집안을 튼튼하게 만들었고
남천의 가정은 복을 찾게 되었다

시월에는 찬란한 열매와
붉은 단풍으로 세상의 복을 불러왔다

# 너도나도 밤나무

맞다고 하면 맞고
다르다고 하면 다른 것이다

사람도
같다고 하면 같고
다르다고 하면 다르다

모두 다 같은 밤나무도
같은 사람도 아니다

단지
업신여기지는 말자
잘못된 것은
하찮게 여기는 마음이다

재능은 어떠한 모종일 뿐이고
존재는 귀하고 소중하다

# 대추나무의 대추꽃처럼

황천으로 가신
조상님과의 또 다른 첫 만남

결혼식 폐백을 하며
남녀 부부의 또 다른 첫 만남

우리의 새로운 만남을
이어주는 대추

처음 만남이 있고
그렇게 또 다른 처음이 있다

혈연으로 만나고
인연으로 만나고

우리는 계속 만나고 헤어지고
다른 시간에 다른 사이로 또다시 만난다

그렇게 대추나무에 대추꽃처럼
처음 만남이 있다

# 딸기꽃 같은 마음으로


존중하는 마음으로 사랑하자
행복한 마음으로 사랑하자

친구니까
형제니까
부모니까

딸기꽃처럼
사랑스럽게 표현하자

딸기 열매처럼
사랑스럽게 익어가자

# 디모르포세카 친구 아프리카 소녀

아프리카 소녀의 미소
디모르포세카의 미소
해맑은 모습이 닮았다

해가 뜨고 다시 피고
해가 지고 다시 지고

소녀의 인생도
그 꽃과 닮았다

그리고
둘은 친한 친구 사이가 되었다

햇살이 드리울 때
디모르포세카는 활짝 피고
아프리카 소녀의 인생도
활짝 피었으면 좋겠다

# 추억의 벗 그리고 개미취

바람이 분다
추억의 바람이 분다

기억이 난다
바람의 추억이 기억이 난다

이 바람은 벗을 따라 불어왔나?
오늘따라 그리워진다

무더운 복날에
삼계탕 먹던 그 시절
삼계탕집을 나왔을 때
불었던 그 바람이
오늘 나에게 불어온다

잡초 같은 인생에
개미취꽃이 피어나고

나와 벗의 마음에
연한 자주색이 물든다

# 여인의 레몬버베나

레몬버베나
드디어 여인과 만났다

그들은 하나가 되어
여인의 향기가 되었고

향기로운 비누가 되어
여인의 땀 냄새를 씻어 내리고
여인의 은은한 향기가 되었다

여인의 외출을 위해
연지분을 만나
고혹적인 여인이 되었다

여인의 발코니에서 숨을 쉬고
여인의 향기로운 공기가 되었다

# 꼬마둥이를 좋아하는 개다래나무

어느 여름날
어느 깊은 계곡에
꼬마둥이가 물장난을 친다

얼마 만에 보는 아이들인가
웃음소리가 끊이지를 않네

개다래나무가 바람 따라 춤을 추네
꿈꾸는 심정으로 덩실덩실 춤을 추네

여름 가고 가을 오면
꼬마둥이는 떠나가네
또다시 여름 오길 기다리겠네

지금은 아이처럼
같이 춤을 추며 즐기세

계곡은 다시
푸른 여름을 맞이할 테니

# 대인배 개망초

왜풀을 보라
왜풀을 보라

더 가까이 보라
더 가까이 보라
가까이 가면 행복해진다

자세히 보라
자세히 보라

가운데 황색 통꽃들이 모여 피고
가장자리 흰 혀꽃들이 둘려 핀다

한낱
풀꽃도 이러한데
인간은 왜 그런가?

가까이 가면 행복해지고
멀리 있으면 가까이 다가가네

왜풀의 화해를 보라
화해는 이렇게 하네

# 삼익지우 가문비나무


정성스럽고 참된 벗이여
마음에 거짓이나 꾸밈이 없는 벗이여


그대가 있어 세상살이 운수대통하니
그 누가 부러울 것인가


부드럽고 연한 성격에
만물이 그대와 벗이 되려고 하니
첫째의 벗인 나는 행복하구려


그대의 희생으로 아름다운 연주를 하고
그대의 희생으로 집이 훌륭해지고
그대의 희생으로 위생스러워지고
그대의 위엄으로 바다를 가로지르네


십이월 알록달록 화려한 옷을 입고
반짝반짝 빛나는 그대는
모두의 축복 속에 주인공이 되어 있다네

그대는 나의 영원한

삼익지우로 남아 있기를 바라오

# 강아지풀과 늙은 고양이

늙은 고양이의 동심을 자극한다
마른 코끝에 강아지풀이 춤을 춘다

슥슥슥슥
코를 간지럽히고 도망간다

처음에는 무심하더니
어느새 친구가 되었다

추억을 회상하며
힘없이 미소를 짓는다

몸을 느리게 요리조리 뒹굴며
친구와 장난을 친다

짧은 놀이로 끝이 났지만
늙은 고양이의 회상은
오랫동안 남아 있었다

# 옥상에 핀 친구 채송화

내 친구 채송화는 잠이 많아서
오후 1시에 만날 수 있다

그래서
늘 잠든 모습을 볼 때가 많다

천진난만한 너는
나의 가장 아름다운 친구다

퇴근 후 지친 몸으로 옥상에 올라
너의 잠든 모습을 보면
하루의 피로가 사라진다

오늘도 살포시 쓰다듬고
행복의 계단을 내려온다

내일 또 보자
아름답고 키 작은 내 친구야

# 노란 장미를 드립니다

강한 것은 희생이 따릅니다
강한 것은 이별이 따릅니다

강한 것은 시기와 질투가 함께합니다
당신의 강함이 그렇게 만들었습니다

전쟁과 평화의 차이는
강한 것과 부드러움의 차이입니다

당신의 부드러움이
세상을 평화롭게 만들고
당신의 부드러움이
세상을 친구로 만듭니다

당신에게 노란 장미를 드립니다
이것이 마지막 배려입니다

인생과 꿈은
식물이다

꽃말의 단어는
인생의 단어이고
새싹이 꽃이 되고
나무가 되는 과정은
꿈과 같다

인생, 꿈 그리고 꽃 이야기

3

# 모란이 되어

나의 꿈은
모란꽃

지금은 초라한 존재지만
언젠가 모란이 되어
화려한 존재가 된다

주위의 꽃들이
비웃을지라도

참고 또 참으며
모란이 된다

# 글록시니아의 화려한 미래

기대된다
화려한 오십 대가 기대된다

하루하루 지날수록 다가온다
미래의 화려한 숨결이
조금씩 욕망에 비쳐진다

붉은 노을 스며들듯
조금씩 내 몸에 다가온다

그 둥지 머무를 때
행복의 날개가 펴진다

지금의 고난은 지나가고
화려하고 기쁨의 미래가 펼쳐진다

# 희망의 노란 개나리처럼

사월이 되면 산기슭 양지에
희망이 돋아난다

처음엔 무심코 지나쳐 버린
어린 녹색 잎

매일 가는 산책길에
점점 희망이 피어난다

노오란 물결 같은
희망이 샘솟는다

내 마음이 노랗게 물들어
자신감이 생긴다

머릿속엔
창조가 샘솟는다

개나리가
나의 상처를 어루만져 준다

# 금매화 찾아 떠나는 소녀의 꿈

꿈을 향해 떠난다
보자기 짐 꾸리고 떠나간다


고향 땅 눈물을 남기고
새벽이슬 맞으며 떠나간다


그리운 이들 가슴에 품고
무거운 발걸음을 옮기며 떠나간다


내 앞은 금매화 피는 세상
어느 여름날 노란 물결 넘치는 세상
그곳을 향해 떠나간다

# 참신하게 생긴 뉴사이란 같이

아! 새롭다
인생이 참 새롭다
너무 좋다

매일매일 다른 오늘
신기하고 재미있다

내 마음을 꺼내는데
다른 내가 안에 있었다

참신한 생각들이
마구마구 나온다

내일은
어떤 마음이 나올까?

궁금해진다

# 노송나무처럼

영원히 살 것처럼 살아라
인생을 기도하며 살아라
내가 있는 곳이 성지다

늙은 노송나무는 말이 없다
그저 뿌리를 내리고
가지를 뻗어서
몸으로 말을 한다

오늘도 변치 않는 사랑으로
그대들을 이롭게 하니
그대는 몸을 맡기고
마음껏 행복과 자유를 누려라

세상이 험난하고
괴로움이 넘쳐나지만

이곳 성지는 자연이다
그대가 안심할 수 있는
자연이다

늙은 노송나무처럼
그저 지금 이 순간을 즐겨라

# 대나무가 되자

나는 대나무가 될 것이다
나는 대나무처럼 살 것이다

꿋꿋하게 살아간다
괴로움과 어려움을 참고
견디며 이겨 나간다

원칙과 신념을 굽히지 않는다
어떠한 것에서도 굽히지 않는다

인생을 바르게 나아간다
끝까지 바르게 성장한다

# 델피니움을 꿈꾸는 돌고래

내 마음속 바다에
돌고래 떼가 살고 있다

그리고
내 마음과 초음파로 소통한다

꿈을 정복하기 위해
점프를 하고
불필요한 것을 버리기 위해
점프를 하고

그렇게 인생을
고군분투한다

언젠가 델피니움에서
꿈을 이루기를 기도한다

# 드라세나 산데리아나 너도 알고 있었다

나는 알고 있었다
내 인생의 운을

3년 전 내 마음이
나의 귓가에 속삭이는 말을

2년 전 나의 손으로 마음으로
써 내려간 인생 이야기를

눈 감은 꿈속에서
호랑이 내 품에 안길 때

나는
알고 있었다

1년 전 가을 지나가는 저편에
나는 또 알고 있었다

올해의 운이
열리는 것을

앞날을 알고 있는 드라세나가
맞다고 말을 한다

# 인생의 에델바이스

누구나 가슴 속에
에델바이스가 있다

내 마음 깊은 산맥 어딘가에
에델바이스가 있다

우리의 착각인가?
존재하지 않는 그곳을 향해
자신을 내던진다

잡을 수 없는
그림자인가?

또다시 아침이 오면
새로운 산맥이 펼쳐지고
새로운 에델바이스를 향해 전진한다

오늘의 땀은 추억이 되고
세월은 강물 따라 흘러간다

인생의 끝에 깨달은 지금
눈 내린 산맥 어딘가에
초라한 에델바이스와 마주한다

인생의 에델바이스는
나라는 존재였다

# 사프란을 외쳐라

마음의 향기를 발산하라
꽃피는 청춘은
다시 돌아오지 않는다

지금이 가장 싱그럽고
활짝 핀 청춘이다

활짝 핀 지금
내 안의 향기를 마음껏 표출하라

내 안의 씨앗이
다시 웃으며 성장하기를 기도한다

오늘도 사프란을 외치며
너를 꿈꾸는 하루를 꽃피운다

# 작약 인생

우리 인생은
작약 같다

분홍색 작약처럼
수줍은 분홍색 얼굴과 미소로
연애를 하고

하얀 작약처럼
하얀 웨딩드레스 입고
행복한 결혼을 하고

빨간 작약처럼
빨갛게 상기된 얼굴로
새싹을 위해 성실한 생활을 한다

오월이 되면
활짝 핀 인생이 펼쳐진다

# 자목련의 기도

꽃잎이 두 손을 모으고
간절히 기도한다

자주색 두 손에
따듯한 햇살이 드리우고

손가락 마디마디 활짝 펴면
소원이 이루어진다

움츠렸던 내 어깨도 활짝 펴고
가슴을 열어본다

따듯한 햇살이
친한 친구처럼 나에게 들어온다

# 하얀 장미를 드립니다

당신은 무죄입니다
당신은 순결합니다

누가 뭐라고 해도
당신은 그렇습니다

지금 모습 그대로
살면 됩니다

깨끗하고 순수한 당신의 삶을 위해
하얀 장미 한 송이를 드립니다

앞으로 백만 송이의
하얀 장미를 안겨 드릴 수 있게
매력적인 인생 부탁드립니다

# 인생의 불꽃! 구즈마리아

지금까지 살아온 인생을 만족한다
지금 시점의 인생을 만족한다

나의 미래를 즐기고
행복한 미소로 여행을 떠난다

인생은 그렇게
마음으로 만족하면서 살아갈 때
인생에 불꽃 같은 구즈마리아가 필 수 있다

# 구름패랭이꽃의 오개

다섯 개의 꽃잎이 인생을 말한다
청정하지 않은 마음을 말한다


탐욕개
진에개
혼면개
토회개
의개


인생이 마음의 갈등으로
심신의 목마름으로
중생의 인생이 위급하다고 말한다


구름패랭이꽃이 인생에 달라붙어서
위급하다고 말한다

# 군자란의 이름으로

거기에 속해 있는 듯하지만
속하지 않았다

이름이 그렇지만
그렇지 않았다

모양이 그렇지만
그렇지 않았다

어디에 있는 것이 중요한 것이 아니라
나의 존재 가치가 중요하다

환경을 탓하지 말자
그것은 내가 아니다

나는 오직
나일 뿐이다

# 겨우살이의 존재

남에게 기생하면서 살아가는구나
홀로서기는 힘든 인생이로구나

그래도 존재한다는 것은 쓰임이 있고
존재하는 것은 이유가 있으니
그 누가 겨우살이의 인생을 함부로 논할 것인가?

셋집살이가 힘겨워도
강한 인내심으로 이겨 내자

존재가 영원하니
어떤 인간의 인생보다 훌륭하구나

# 미스터리 거베라들

줄기에 고통의 철심을 꽂고
꽃잎에 플라스틱 캡을 씌우고

고통스럽고 답답한 인생을
어찌 살아왔느냐

그래도
굳건하고 화려하게 잘 살아왔구나

타인에 의한 고통으로도
참고 또 참으며 화려함을 잃지 않았구나

타인을 미워하지도 않고
심신의 안정을 주고
공기정화를 주고
분위기도 살려 주었구나

폼포니 스파이더 파스타 미니
너희들이 다 함께 모여

고통을 이겨 내고
화려함으로
온 세상을 기쁘게 물들였구나

그 모습은 참으로
신비하고 미스터리구나

# 해바라기의 꿈

나는 나의 미래를
기다린다

저 높은 곳에
눈부시게 빛나고 있는
태양을 기다린다

나와 닮은 태양을 향해
오늘도 기다린다

나의 장신으로도
닿을 수 없지만

눈부시게 빛나는
미래를 기다린다

# 튤립의 반전은 내 인생이다

길고 긴 줄기 같은 인생에
봉우리를 향해 나아간다

마흔의 인생도
줄기에 불과하다

그 줄기를 따라서 살아가면
아름다운 봉우리에 도착한다

인생의 봉우리에서
사랑을 외치고
내 인생을 외쳐본다

그리고
인생은 만개한다

행복과 희망의 세상에는
식물이 있다

행복 속의 축복에는
꽃이 있고
희망의 세상은
나무의 뿌리와 닮았다
그리고 희망의 결실은
나무의 열매와 같다

4

행복과 희망의 세상
그리고 꽃 이야기

# 행복의 장소, 만수국 꽃밭

저 산 너머에 있는 행복
강물 따라 흘러가면 보이는 행복
언젠가 나에게 다가올 행복

때가 되면 오겠지
난 믿고 기다릴 거야

행복이 내 앞에서
미소 짓는 그날이 오면
같이 손잡고 인생을 걸어갈 거야

수많은 고통의 날들
행복이 오기 전 처절한 몸부림
그냥 웃으며 넘길래

언젠가
만수국 활짝 핀
모래흙에 누워
행복을 맞이할 거야

# 보랏빛 나팔꽃

기쁨의 나팔 소리
향기로 전해 온다

따듯한 보랏빛 소리에
승리의 기운이 다가오고

소리는 들리지 않지만
아름다운 그대의 활짝 핀 모습은
그 누구보다 기쁘게 찾아온다

눈 감고 코 비비면
수줍은 미소로
세상을 기쁘게 물들인다

# 단양쑥부쟁이

가지 마라
가지를 마라

세상에서
나와 함께하자

너를 찾았다고 생각했는데
알고 보니 코스모스였다

어느 날
뉴스에서 너의 생존 소식을 듣고
얼마나 기뻤는지 몰라

또 코스모스였나 했는데
이번에는 진짜 너였어

강물 따라 흘러서
멀리까지 왔구나

애국심으로

강한 생명력을 가졌구나

# 네모필라의 애국가

동해물과 백두산이
마르고 닳도록

애국가가 흐른다
파란 언덕에서 애국가가 흐른다

호기심에 파란 언덕에 올라보니
네모필라의 세상이다

파란 네모필라가 합창을 한다
도란도란 웅장하게 들린다

히타치 해변공원에서도 들린다
점점 더 크게 들린다

# 공명정대함을 떡갈나무에게 묻다

떡갈나무야
이 세상이 공명정대하냐?

너의 크고 두꺼운 잎으로
공명함을 가려라

너의 크고 두꺼운 잎으로
약자를 보호하라

너의 크고 두꺼운 잎으로
강건함을 보여 주어라

세상은 공명정대함으로
희망이 피어나리

# 희망의 무궁화

포기하면 안 된다
참고 또 참고
이겨 내야 한다

내일이면
무궁화가 핀단다

한 걸음만
더 참으면

내일이면
무궁화가 핀단다

두 걸음만
더 참으면

내일이면
무궁화가 핀단다

오늘을 참으면
희망찬 내일이 있고
무궁화가 핀단다

# 은방울꽃의 순결한 소리

눈 감으면 들려온다
은은하게 은방울 소리가
행복을 싣고 나에게 온다

순결한 마음으로 들어야 한다
마음속에 사욕과 사념이 넘치면
아무런 소리도 들리지 않는다

행복이 다시 찾아온다
맑고 고운 소리가 바람 따라 찾아온다

어두운 그늘에서
하얗게 빛을 비추면서 찾아온다

# 고사리손의 기적

고사리손을 불끈 쥐면
기적이 일어난다

젖 먹던 힘을 다해 불끈 쥐면
기적이 일어난다

바늘구멍의 희망도
포기하지 않으면
언젠가 일어날 수 있다

오늘도
주먹 쥐면

한줄기 뿌리가 자라난다
기적의 뿌리가 자라난다

# 각시투구꽃을 쓴 신비한 용사

자주색 투구를 쓴 용사가
말을 타고 달려온다

밤안개 헤치며
거침없이 달려온다

우리를 구하러 온 것인가?
우리를 해치려고 온 것인가?

알 수 없는 신비한 용사의
거침없는 질주에
말없이 숨을 죽이고
눈을 감는다

바람 소리만 들리고
아무런 인기척이 들리지 않는다

실눈을 뜨고
주변을 살펴보았다

우리를 잡아 온 무리가
모두 죽어 있었다

가슴에는 각시투구꽃이 달린
화살이 꽂혀 있었다

그리고
조국의 깃발이 펄럭이고 있었다

깃발 아래에 이렇게 적혀 있었다
이 모든 것은 '비밀'이라고

# 유희의 히아신스

꽃잎이
춤을 춘다

흐느적흐느적 팔을 흔들며
하루를 즐긴다

달콤한 향이 느껴진다
오늘도 달콤한 하루가 시작된다

다른 이는 낙엽 지는데
화려한 춤을 추며
유희를 즐긴다

# 프리지아 같은 세상이 오면

나의 앞날은
프리지아꽃이 피는 봄이다

나의 새로운 시작은
노란 프리지아 향기가 함께한다

벌써부터 미래의 향이 느껴진다
상상만 해도 기쁘고 향기롭다

그날이 오면
노란 물결이 넘쳐나고

천진난만한 나의 얼굴이
환하게 피어날 것이다

# 칸나와 함께 춤을

집시여인이
빨간 드레스를 흔들며

플라멩코를 추는 듯
칸나가 춤을 춘다

정열적으로 쉼 없이
바람에 리듬을 맞추며
나를 유혹한다

바람은 연주를 하고
나는 손뼉을 치며
발을 구른다

바람
꽃

내가
하나가 되어

행복한 하루를
마무리한다

# 우주의 꽃, 코스모스

여덟 개의
꽃잎에는

수성 금성 지구 화성 목성
토성 천왕성 해왕성이 있다

그리고
가운데에 태양이 있다

코스모스에는
우주가 존재한다

코스모스는
우주의 질서를 닮았다

세상은 혼돈의 카오스지만
우주는 소녀의 순결처럼 깨끗하다

혼돈의 세상에 코스모스는
진리이고 정답이다

# 패랭이꽃의 위대한 재능

패랭이 모자 쓴다고
재능이 없겠는가?

천하고 낮은 곳에 있다고
재능이 없겠는가?

모두 다
똑같은 사람이다

머리에 패랭이꽃 피는 날
익선관이 부럽지 않으리

아름다움의 시작은
식물이다

아름다운 꽃
아름다운 나무
아름다운 풀

모두가
사람의 인생과 닮았다

아름다움의 꽃 이야기

# 금사슬나무의 겸손한 아름다움

아름답지 않은 것을 사랑하라
겉치레를 버리고 내면을 사랑하라

외모의 아름다움은 슬픔이다
그것으로 만족하는 슬픔이다

인간의 본성을 버리고
내면의 눈을 떠라

거울에 비친 모습은
슬픈 아름다움이고

눈을 감고 나를 보면
진정한 내가 보인다

자연 그대로의 고귀함은
기쁜 익숙함이다

금사슬나무를 보라
겸손한 아름다움을

# 가을 지금 꽃향유

봄을 묻지 마세요
여름을 묻지 마세요
겨울도 묻지 마세요

오직 지금
가을만 물어보세요

가을 향기 가득한 지금
바로 지금만 물어보세요

벌들을 유혹하는
지금이니까요

강한 자주색으로
가을을 유혹하는
지금이니까요

초라한 과거는 묻지 마세요
가을 향기 전하는
지금만 물어보세요

# 기생꽃은 신의 꽃

신이 심어 놓은 꽃
인간에게 오려고 피는 꽃
천사처럼 하얗고 예쁜 꽃

고산지대 칠월에 피고
희귀한 너는 참으로 예쁘다

혹여나 귀를 쫑긋 세우면
천사의 속삭임이 들릴까 봐

마음으로
기도를 해본다

# 제주 하늘 아래 노란 별수선

제주 어느 하늘 아래 풀밭
푸른 땅 위를 걷는다

제주 여름 바람이
따뜻하게 불어온다

빛을 찾아 풀밭에 앉은
노란 별수선이
반갑게 맞이한다

흐린 오늘
빛 대신
노란 그대가 빛이 된다

아! 오늘은
별 같은 그대에게
안기고 싶다

# 정열적인 맨드라미

우아하고 정열적인 춤을 추라
멈추지 않을 것처럼

바일리 꼰 꼬르떼
바일리 꼰 꼬르떼

빨간 스커트를 흔들며
영원히 춤을 추라

여인의 향기는
멈추지 않는다

때로는 느리고 우아하게
때로는 정열적인 스텝으로

# 들장미의 시

너를 표현해 보려고
시를 쓴다

꾸미지 않아도 어여쁜
너를 표현하려고
들녘을 찾아간다

사랑스럽게 피어난 너
소박하고 고독한 너를
유심히 바라본다

향기와 아름다움이 어울려
오케스트라 연주의 웅장함이
내 마음속에 들려온다

# 벚꽃과 걷다

나와 함께 걷는
봄 길

같이 걷는 봄 길은
평화롭고 아늑하다

옆을 슬그머니 바라본다
심장이 일렁일렁거린다

호수에 비친 그대 모습은
참 예쁘다

그대 꽃잎이 내 뺨을 스쳐 간다
수줍은 미소가 번진다

다음 날
바람이 불어온다

그대는 하늘에서 내려오는 선녀처럼
사뿐히 내려온다

그대가 다칠까 봐
조심스레 걷는다

# 친절한 갯버들

봄의 소식을 알리는
친절한 그대여

복슬복슬 귀여운 꽃봉오리에
웃음꽃이 먼저 피는구나

아직 겨울이 가시지 않았는데
봄소식을 전하려고
털옷을 입고 왔구나

수꽃은 화려한 옷을 입고
빨간 립스틱도 발랐구나

그대들의 세계는
남자가 더 아름답구나

혹시라도 비가 와서
귀엽고 아름다운 그대의 모습이

비 맞은 버들강아지가 될까 봐
걱정이 되는구나

# 진달래의 전설 이야기

나무꾼은 선녀를 사랑했습니다
선녀도 나무꾼을 사랑했습니다

선녀와 나무꾼은
사랑의 기쁨을 느꼈습니다

그렇게 장작에 불을 피우고
작은 불씨가 어느새
큰 불씨가 되었습니다

봄 여름 가을 겨울
다시 봄

아이의 울음소리와 함께
아이의 이름을 불러 봅니다

달래야 달래야 진달래야
이쁜 나의 달래야

산지 곳곳에 연분홍 진달래가 피어나고
향기에 취한 사내들은 진달래를 탐했습니다

진달래는 시들었고
흙이 되었습니다

하지만 전설은 살아 있습니다
영원히 진달래의 전설은 살아 있습니다

# 아름다운 개불알꽃

거시기가 참 예쁘게 피었구나
지나가는 개가 놀라겠네

귀하고 아름다운 거시기의 이름을
차마 입에 담기가 부끄럽구나

이제는 너의 본명 대신
복주머니꽃이라 부르리라

너의 존재가 더
사랑스럽게 말이다

마음속으로 개불알꽃이라 외치고
입은 복주머니꽃이라 말하리

마음으로 피고
용기를 전하는 것은
식물이다

희생으로 마음을 전하고
용기 있게 활짝 핀다

6

마음과 용기
그리고 꽃 이야기

# 담배와 마음

담배를 피우면 기분이 좋은가?
담배를 피우면 기분이 나쁜가?

그것은
피우는 사람도 잘 모른다

마음은
담배를 피우지 않는다

내 몸은
담배를 피우고
연기를 내뿜는다

근심 걱정을 함께
보낸다고 생각한다

그것은
머리로 생각하는 것이지
마음은 그냥 그대로 있다

담배는
힐링이 되지 않는
그냥 그런 기분이다

담배 피울 시간에
담배꽃을 감상하자

아! 아름답다 아름다워
마음이 움직인다

# 수련의 교훈

수련아
오늘도 배웠구나

어떻게 하면 그렇게
청순할 수 있느냐?

이 험난한 세상에서
그렇게 깨끗하고 순수한
영혼을 가질 수 있느냐?

수련아
오늘도 배웠구나

잔잔한 호수에서
아름답게 꽃피우는 너를 보면
머리가 숙여진단다

남들은 흙에서 자라는데
물 위에서 자라는 용기는
어디서 생겼느냐?

수련아
오늘도 배웠구나

# 수국의 변덕

엊그저께는 하얀색이었고
그저께는 파란색이었고
어저께는 자주색이었고
오늘은 분홍색이구나

어허!
왜 이렇게 변덕이 심하냐?

꼭 사람의 마음을 닮았구나
아니면 사람이 수국을 닮은 건가?

난 그래도
파란색 수국이 좋아

변함없는 무정함일지라도
변하는 변덕쟁이보다 인간다우니까

세상이 아무리 변해도
예쁜 너는
변하면 안 돼

# 천사와 레위시아의 치유

하늘에서 물방울이 떨어진다
천사의 눈물이 떨어진다

오늘따라 구슬프게 떨어진다
내 마음도 같이 서러워진다

하지만
슬픈 것만은 아니었다

마른 흙이 젖어 들며
레위시아가 치유되고 있었다

천사의 슬픔도
꽃으로 치유되고 있었다

새들이 즐거워하고
천사의 선물이
하늘에서 펼쳐진다

일곱 개의 아름다운
하늘 다리가 생겼다

천사는 레위시아를 보고
레위시아는 천사를 보고

둘은
치유되었다

# 수선화와 면담

하늘에 있는 것은 천선이요
땅에 있는 것은 지선이요
물에 있는 것은 수선이라

물가에 비친 너의 모습은
가장 신비로워서
그 누구도 견줄 순 없구나

꽃은
흔들려도

마음은 흔들리지 마라
가장 고결하고 신비로우니

꽃은
흔들려도

본성은 흔들리지 마라
모두 다 너를 예뻐하니까

# 감나무가 익어가는 이유

누군가의 고향 어느 마당에
우두커니 서 있는 추억 하나

그 추억은
매년 우리에게 베푸는 추억이다

베풀기 위해
빨리 익었나?

사람들은 자신의 이득을 위해 익어가는데
감나무는 주기 위해 익어가는구나

열 번째 달
주홍빛이 열리는 날

경이로운 모습에
경의를 표한다

# 팬지의 얼굴

생각난다
팬지야

알록달록 피어난
너의 얼굴이 생각난다

귀여운 얼굴을 보면
마음이 따뜻해졌었지

명랑하고 활발한 너를 보면
마음이 즐거워졌었지

추억의 얼굴이 떠오르면서
다시 보고 싶구나

어디에 가면
볼 수 있을까?

사
람
의

인
생

식
물
의

인
생

다
르
지
않
다

초판 1쇄 발행   2023. 9. 22.

**지은이**  서미담
**펴낸이**  김병호
**펴낸곳**  주식회사 바른북스

**편집진행**  황금주
**디자인**  김민지

**등록**   2019년 4월 3일 제2019-000040호
**주소**   서울시 성동구 연무장5길 9-16, 301호 (성수동2가, 블루스톤타워)
**대표전화**  070-7857-9719 | **경영지원**  02-3409-9719 | **팩스**  070-7610-9820

•바른북스는 여러분의 다양한 아이디어와 원고 투고를 설레는 마음으로 기다리고 있습니다.

**이메일**  barunbooks21@naver.com | **원고투고**  barunbooks21@naver.com
**홈페이지**  www.barunbooks.com | **공식 블로그**  blog.naver.com/barunbooks7
**공식 포스트**  post.naver.com/barunbooks7 | **페이스북**  facebook.com/barunbooks7

ⓒ 서미담, 2023
ISBN 979-11-93341-26-1 03810